KB116624

호텔 순천만

남길순 디카시집

호텔 순천만

책만드는집

순천만은 지금 밤입니다.
살금살금 걷고 있지만
얼마나 많은 귀가 이곳으로 쏠리고 있을까요.
잠을 자려고 누우면 빛을 찍은 사진처럼
생각이 환해집니다.
여리거나 작은 생명에게도
자기만의 방을 내어주는
저곳을
호텔 순천만이라 부릅니다.

부스스 자고 일어나는 눈들을 보세요.
온갖 소리로 가득 차며
해가 떠오르고 있습니다.
순천만의 투숙객 중
오리 떼와 두루미가 오는 계절입니다.
이 책이 나올 때쯤에는
갈대만큼 많은 새들이 도착해 있겠지요.

2022년 겨울
남길순

| 차례 |

2부

3부

4부

1부

여백

새 소리가 아름다운 건
마음에 여백이 있기 때문이지

높이 더 높이
하늘이 있기 때문이지

초록뱀

출근길 막아서는 커다란 뱀을 본 날은

온종일 푸른 갈대밭이 뱀으로 보이기도 한다

엽낭게

오늘 하루 동선을 이으면 잎사귀 하나

일생을 살고, 걸어온 길을 돌아봐도 잎사귀 하나

마침표 같은 검은 구멍과

저 잎사귀 하나

너도 청개구리

다 울었어?

소리소리 외치고 나면
그래

가슴이 좀 환해지니

부처와 부처

저 둘 중에 누가 부처일까

딱 여기까지

수양버들 아래 거북이 알을 낳는다

자세하고 간곡하다

오랜 시간 쏟아놓은 알 위에 모래흙을 덮는다

딱, 여기까지

거북은 뒤도 안 돌아보고 가버린다

예술하는 새

소리를 꽥 지르며 날아 가버렸다

자신을 닮은 새 한 마리 바닥에 그려놓고

저 화상

다음 날 보면 다시 그 자리

홍매

나무는 선방 스님 입 열기만 기다리고

스님은 꽃 벙그러 동안거 풀리기만 기다리는데

매화 보러 삼세번 찾아왔다는 저 보살, 꽃 보고 있다

조금씩 입이 열리는 누군가는

아아, 드디어 봄이구나 한다

밤의 스카이큐브*

이 순간 만약 당신이 오신다면
밤의 창공이 부풀어 날아오를 텐데

무슨 말이 더 필요하겠어요
당신이 왔는데

날고있어날고있어날아가고있다니까

* Sky Cube. 순천만정원역에서 순천문학관역을 왕복하는 소형 무인 궤도 차.

구만리

아흔 살 할아버지는 벼 이삭을 싸그리 거두지 않으신다

저들 속에 강철 심지가 들어있다고

그러므로 구만리를 날아올 수 있는 것이라고

와온

이만한 추위에
누가 춥다고 하느냐면서도
아버지가 아궁이에 군불을 넣고 계신다

추울수록 노을이 곱다는 걸
쥐도 알고, 새도 알고

갈대알

갈대알이라고 부르니

속에서 꿈틀꿈틀

무슨 속셈이 있는 알을 붙잡아 두느라

오후 내 갈대밭은 흔들흔들

순천 미인

눈동자를 호로록 빨아먹고 싶다던 뭇 사내들은

어느 나라에 뼈를 묻었을까

흔들흔들
흔들리다가 쓰러지는 왜가리
눈동자가 빨갛다

호두 두 알

툭, 불거진 눈알 같다

아버지 손아귀에서 바드득 이를 갈던 호두 두 알

어쩌라고요, 대들어도 보다가

살살 구슬려 보기로

2부

물 반 새 반

오리들은 탄다 자신의 배짱을
사뿐히도 탄다
둥싯둥싯 타고 있다

바다로 나가는 물목이 온통 오리굿이다

꼬마야, 꼬마야

조용하기만 하던 마당에
줄넘기가 돌고 있다

어디서 나타난 아이들이 꼬마를 찾고 있다

그 많던 꼬마들은 어디서 올까?

강릉

새벽 세 시에 깨면

위 층에서 파도소리가 들려온다

미국미역취

할머니가 말하죠

저 꽃 피어야 두루미가 온다고

둑길 지나면 노랗게 반겨주는 꽃숭어리

꽃나무 키 크다고 제발, 무참히 베어내지 마시오

행성의 조건

....
....
....

그러므로 탱자는 행성이다.

가을밤

집 전화를 영영 끊어버렸더니

오래 쓴 전화기 속에

여보세요

여보세요

귀뚜라미가 들어와 산다

학동의 아침

대숲 우듬지에 새끼를 기르는 학이 산다

약한 새끼들이 하얗게 떨며 가지 끝에 퍼덕이고 있다

대나무 밑을 어슬렁거리던 고양이가
잽싸게 무엇을 물고 사라진다

바람을 이겨낸 학의 다리는 곧은 댓가지를 닮는다

터

갯골 돌아나가는 집

말 못 하는 에미와 조그만 아이가 살았지

어형, 부르면 거북처럼 납작 숨던 아이

감나무만 남아 새순을 피우네

군산

기모노를 입은 남자가 힐끔거리며 지나갔다

소녀의 청동 가슴에

불이 일고

그 불은 유난히 차서 손이 얼어붙는다

대갱이

뻘 속에 대갱이라 부르는 눈 먼 물고기가 산다

말뚝에 그물을 거는 날은 몹시도 추워서

뻘 속에 박힌 발가락이

대갱이처럼 꿈틀거린다

자전거로 출근

도축장 지나면

뒤꼭지를 잡아당기는 돼지 비명 소리

하류의 갈대는 사람 얼굴을 하고 서 있고

무거운 한 사람을 툭 치고 달아난다

도미노로 쫓아오는 아침 갈대들

새 이름 짓기

누구일까요?

물고기 대신 수초를 먹으러 오는데

너는 물닭이라 하고

나는 흰부리검둥오리야, 우기고

지붕을 이다

갈대초리 엮어
아홉 동 문학관에 지붕을 이는 날
흑두루미 날아와 빙빙 돌며 같이 날자 한다
김 씨, 이 씨, 장 씨들
들썩이는 지붕을 새끼줄로 단단히 묶는 중이다

표준당

딱 들어맞는 시계는 없다니까요,

당신 속에 든 시계가 진짜 시계라고

손목시계는 덤으로 고쳐 준다

3부

고요

꽃 한 송이 켜놓고

개구리는 있는 듯

없는 듯

호텔 순천만

너는 지구에 없는 곳을 가보고 싶다고 한다

중력이 없어도 무너지지 않는 세계를

구름은 구름 위를 맴돌고

흑두루미 소리가 꿈속을 날아다닌다

문을 열어주자 동그라미 하나가 동그라미 속으로 들어온다

후투티가 따라온다

몇 걸음 간격을 두고 새가 따라온다

내려다보지 않았다면 몰랐을 일

이렇게나 많은 벌레와 도둑게와 작은 생명들

나로부터 도망치는 이유

갈대열차

몇 걸음 길을 종일 왕복하는 열차

손가락 세 개를 펼쳐 보이며 간다

이제 곧 퇴근이라고

80

쏘다니게

온통 게 판인 갯벌에서 가장 잘 사는 법

찔레

묵은 갈대 속에 잿빛 털이 누워있다

저 속에서 하얀 주먹들이 올라온다

맹렬하다

눈을, 입을, 점점 커지는 콧구멍을 모두 덮어 버린다

햇빛보다 더 밝은 곳

습한 날

도로를 차지한 젖은 생명들

도망가지 않는 뱀과 햇빛 사이로

순식간에 자전거 한 대 지나쳐 간다

시절운

얼씨구절씨구
머리에 꽃을 달고
공중제비 도는 사람아

이름

당신이 떠나고 나서도
한동안 그 이름을 부릅니다

이곳을 지나가다 문득 멈춰 서게 되었어요

모두의 기억을 덮을 때까지 당신은 아직 살아 있습니다

갯샘

바다에도 샘이 있당께,

꼬막 캐는 아짐들 엎드려 물 마시는 걸 똑똑히 보았당께,

니 말 듣고 겁나게 달려왔는디

샘도, 못도, 사라져 뿔고

뿌연 뻘물만 출렁이더랑께

Vertigo

꽃들이 키득거리며 별을 따라 돈다

코끼리코를 잡은 아이들도 돈다

나도 따라 돈다

황홀하다. 어지러웁다

자, 자, 메스껍지는 않으세요?

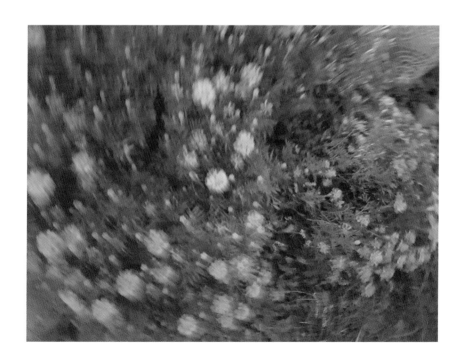

나팔꽃 피는 마을

아, 아,
마을에 알립니다
코로나가 종식되야 뿌렀답니다
간만에 관광버스 타고 한번 날아보겄습니다
주민 여러분 마을회관 앞으로~~~

안녕 흑두루미

목련이 피면

아주 떠나는 새

오늘 마지막 무리가 인사를 하러 왔다

가까이, 아주 가까이

개

소곤거리는 소리도 개에서는 십 리를 간다

고춧가루 서 말 먹고 뻘밭 삼십 리를 기었다는 광양댁은

영영 돌아오지 않았다

4부

시월 마지막 날

안타까운 모과
나의 청년들

가슴이 아파요

숨 못 쉬게 아파요!

접치* 부근

연보랏빛 엘레지가 피어있다

슬픈 표정의 새는

쫓아도 날아가지 않는다

엘레지 군락지라는 팻말이 있다

접치 엘레지를 지어 부르며 고개 넘어 간다

* 여순사건 피살 장소 중 한 곳.

무진

서울, 1964년 겨울*로부터 걸어온 두 남자가 이곳 무진의 안개 속으로 들어가고 있다.

* 김승옥의 소설.

4월

산목숨은 살아야지,

위로랍시고
순대 한 접시 밀어놓는다

깨알의 소리

겨울이 오면

울어대던 벌레들은 다 어디로 가나

사랑은, 철학은, 들국화는, 친애하는 친구들은

화약과 폭죽

티브이에는 폭탄이 터지고 있는데

눈앞에는 폭죽이 꽃을 피운다

전쟁 때문에 금값이라는 돼지고기

저녁거리로 피 묻은 수육을 삶고 있다

저들의 소리는 비명인가, 함성인가,

열흘의 사랑

단 열흘을 견뎌내지 못한 벚꽃잎이
흘러 흘러 바다로 가고 있다

상강 무렵

찬물 세수를 하고 하늘을 쳐다보면 기러기가 머리 위를 날고 있다

백 살의 소원

만발한 꽃 앞에서 할머니께 소원을 물었습니다

두 살 때 돌아갔다는 스무 살 어머니,

그리운 어머니를 꿈에서라도 딱 한 번만

보게 해달라고 하십니다

꿈 같은 하루

어제는 좋은 꿈을 샀습니다

오늘은 문학관에 쌍무지개가 떴습니다

그리고 다음 날은

정말로,

꿈이 이루어지는 날이었어요

줄배

새 두 마리
맞은 편
줄을 잡고 앉아있다 날아간다
줄배 타고 오가며
강 건너에 농사를 짓는 사람이 있다

124

누구 작품일까요

수달이라고 한다
너구리라고 한다
저기 앉아있던 여자 같다고 한다

손에 집게를 든 사람이
자꾸 뒤를 돌아보며 없는 것을 찾는다

구도

포옹보다는

의자를 만들어주고 싶은
다리가 넷

여운

춥다, 어서 들어가자

갯벌 위 작은 생명들에게

지는 해의 말소리가 들려온다

남길순

전남 순천에서 태어났다. 순천대학교대학원 국어국문학과를 졸업했으며, 2012년 《시로여는세상》 신인상을 수상하며 작품 활동을 시작했다. 시집 『분홍의 시작』 등이 있다.

40nari@hanmail.net

호텔 순천만

초판 1쇄 2022년 12월 31일
지은이 남길순
펴낸이 김영재
펴낸곳 책만드는집

—

주소 서울 마포구 양화로 3길 99, 4층 (04022)
전화 3142-1585·6
팩스 336-8908
전자우편 chaekjip@naver.com
출판등록 1994년 1월 13일 제10-927호
ⓒ 남길순, 2022

—

* 이 책의 판권은 저작권자와 책만드는집에 있습니다.
  이 책 내용의 전부 또는 일부를 재사용하려면 양측의 동의를 받아야 합니다.
* 이 책은 순천시, (재)순천문화재단의 지원을 받아 발간되었습니다.

—

ISBN 978-89-7944-826-9 (04810)